SANDOMIR,

PRINCE DE DANNEMARCK,

TRAGÉDIE LYRIQUE

EN TROIS ACTES;

REPRÉSENTÉE, POUR LA PREMIERE FOIS,

SUR LE THÉATRE DES THUILLERIES,

PAR L'ACADÉMIE-ROYALE

DE MUSIQUE,

Le 24 Novembre 1767.

Et remise au Théâtre le Mardi 24 Janvier 1769.

NOUVELLE ÉDITION.

Nec Deus interfit.

Hor. Art. Poet.

PRIX XXX. SOLS.

AUX DÉPENS DE L'ACADÉMIE.

A PARIS, Chés DE LORMEL, Imprimeur de ladite Académie, rue du Foin, à l'Image Sainte Genevieve.

On trouvera des Exemplaires du Poeme à la Salle de l'Opera.

M. DCC. LXVIII.

AVEC APPROBATION ET PRIVILEGE DU ROI.

Le Poeme est de M. Poinsinet, de l'Accadémie des Sciences & Belles-Lettres de Dijon, & de celles des Arcades de Rome.

La Musique de M. Philidor.

A

MONSEIGNEUR LE COMTE

DE SAINT-FLORENTIN,

MINISTRE ET SECRÉTAIRE D'ÉTAT.

MONSEIGNEUR,

En vain quelques succès semblaient devoir m'encourager dans la carrière des Arts ; je ne me suis cru digne de cueillir le fruit de mes travaux, qu'au moment où VOTRE GRANDEUR en a bien voulu recevoir l'hommage. Le sentiment intime de ma faiblesse avait jusqu'ici borné mon essor ; mais vos bontés ont élevé mon âme. Les grandes idées naissent de l'impression que font en nous les grandes vertus. Eh, quel spectacle plus intéressant & plus sublime que celui du cœur d'un Ministre qui, premier dispensateur envers les Arts des bienfaits du meilleur des Monarques,

A ij

4

y ſemble ajoûter une grâce nouvelle , par le plaiſir qu'on voit qu'il éprouve à les répandre ! Voilà le trait qui vous caractériſe , MONSEIGNEUR : c'eſt à lui que vous devés la ſatisfaction de vous ſavoir aimé pour vous-même, & la douceur de lire dans les yeux & dans les cœurs de tous ceux qui vous approchent , la reconnaiſſance la plus tendre , l'attachement le plus inviolable , le reſpect le plus profond. Si je pouvais multiplier l'expreſſion des ſenti- ments , comme vous aimes à multiplier les grâces , je ne rougirais pas , en ne vous offrant ici que la faible eſquiſſe de ceux avec leſquels je ſerai toute ma vie ,

MONSEIGNEUR,

DE VOTRE GRANDEUR,

Le très - humble & très-
obéiſſant ſerviteur,
POINSINET.

AVERTISSEMENT.

J'AI imité de l'Italien ce Poeme, compôfé par ANTOINE NORIS, *Vénitien*, & repréfenté, pour la premiere fois, à Venife en 1684, fur le théâtre de faint Chrifoftôme, qui était alors un des plus fameux de l'Europe. Cet Auteur a joui long-tems, même après fa mort, d'une grande réputation ; nous avons de lui 40 opera, mais celui-ci eft le feul qui fe foit confervé fur les théâtres d'Italie, malgré la viciffitude des goûts & des tems. Je l'ai vu repréfenter à Parme, mis en Mufique par le fieur FERARDINI, Profeffeur à Naples. Le grand intérêt qui me parut réfulter de ce Drame, me détermina d'abord à le traduire, & de retour en France, cherchant à tenter un nouveau genre fur le théâtre de notre ACADÉMIE-ROYALE, j'ai cru ne pouvoir mieux faire que de l'imiter. Le fameux Abbé METASTASIO m'avait prévenu ; il en a copié des fcênes entieres, & notament la feptieme du fecond acte, dans fon Adrien : il ne m'en fallait pas davantage pour me convaincre du mérite réel de ce Poeme. Les éloges qu'il avait mérité avant de paraître, ne m'avaient point aveuglé; devais-je me laiffer décourager par l'acreté des critiques? J'ai vu toutes les circonftances fe réunir contre lui. Sa famofité précaire, l'indécent tumulte des répétitions, les préjugés qu'il fallait combatre, la chaleur de nos Partifans qui ne fervait le plus fouvent qu'à aigrir l'humeur de nos ennemis, mon peu d'expérience dans une carrière où j'entrais pour la premiere fois, & qui exige le travail le plus réfléchi, ma complaifance à fuivre aveuglément prefque tous les confeils : voilà ce qui a beaucoup plus nui au fuccès de ce Drame, que les Épigrames & les Chanfons. Docile aux nouveaux avis, & moi-même inftruit par l'effet, j'ai rétabli mon Poeme dans l'état où il était quand il a mérité l'aprobation des Perfonnes, juftement fameufes dans la Littérature, fous les yeux defquelles je l'avais compofé. Je n'examinerai point fi le genre fimple & vrai, eft préférable au merveilleux, à la Fâble; je fuis même éloigné de penfer qu'il faille les bannir d'un théâtre, où il peut réfulter de leur union les mêmes beautés que dans la Poefie épique; mais je fuis affûré qu'à moins qu'on ne leur préfente un Ouvrage parfait dans toutes fes parties, ce qui n'eft

pas fort aifé , les Directeurs ne fe détermineront
point à hazarder une dépenfe de cent mille livres, au
rifque de la perdre par le peu de fuccès de l'ouvrage qui la rendrait néceffaire. Le plus fûr moyen de
parvenir à être repréfenté , c'eft de fimplifier la dépenfe , & par conféquent le Spectacle : il faut donc
renoncer au merveilleux , qui eft toujours ridicule
dans l'exécution , quand il n'eft pas fublîme. D'ail-
leurs quel eft le grand Opera qui a réuni d'abord
tous les fuffrages ? ce n'eft qu'après d'importantes
corrections & une longue fuite d'années , que Caf-
tor & Pollux , le chefd'œuvre de nos jours , a ob-
tenu le brillant fuccès dont il jouit. J'ai laiffé fub-
fifter les premiers changemens que j'avais été con-
traint de faire à l'original Italien ? Un Opera dure
cinq heures en Italie , il n'en doit pas durer trois en
France , encore eft-il néceffaire d'y inférer au moins
un Ballet par Acte , chôfe abfolument inconnue
dans l'Opera Italien. A Paris tout fe chante ; à Rome , à Londres , à Vienne , les fcênes fe débitent.
A ces corrections , que la durée horaire & le goût
National m'ont rendu indifpenfables , j'en ai joint ,
que mon goût particulier m'a dictées. Le troifieme
Acte n'a aucune reffemblance avec l'original. Dans
l'Italien , la Princeffe devient folle , prend le tiran

pour le Dieu Neptune , & débite mille extrava-
gances, à-peu-près comme dans l'Hamlet de Sakeaf-
peare, où la tête tourne au Prince, qui prend le Mini-
ftre du Tiran pour un rat qui fuit derriere une tapiffe-
rie. Il m'a fallu retrancher la double intrigue , &
par conféquent deux perfonnages ; reftraindre infini-
ment les mutations de fcênes, changer même le ti-
tre : enfin , dans le Poeme que je foumèts aujour-
d'hui au Public , il ne refte plus de conformité que
dans les deux premiers actes , avec celui qui m'a
d'abord fervi de guide.

ARGUMENT

ARGUMENT DE LA TRAGÉDIE,

TRADUIT DE L'ITALIEN.

*S*Itôt que les Sarmates, les Scithes & les autres Peuples qui habitaient les rivages du Glamen & du Nieper, eurent renoncé à la Démocratie ; ils perdirent, avec la forme de leur gouvernement, leur gloire & les vertus. Tour-à-tour opprimés par des Tirans heureux, ou perfécuteurs eux-mêmes des Rois qu'ils avaient couronnés, le Nord ne devint plus qu'un théâtre de carnage. GRIMOALD, Roi de Norvege, chaffé de fes États par fes propres Sujèts, fe retira, avec fa fille EDVIGE, auprès de RICIMER, Roi de Suede. RODOALD fut élevé par les Rebelles fur le Trône de Norvege ; mais l'infortune de fon rival ne tarda pas à foulever contre lui tous les Souverains du Nord, qui unirent leurs forces à celles de RICIMER, pour rétablir la Couronne fur le front de GRIMOALD. RODOALD pendant une fuite d'années, fut réfifter à ce torrent, & tenir en balance la fortune de l'Empire. Succeffivement vainqueur & vaincu, dans l'un des combats qui fuivirent cette grande querelle, il frappa mortellement ALARIC, frere de RICIMER. Dèslors rien ne réuffit à calmer l'indignation des deux Rois ; envain la mort naturelle de GRIMOALD donnait-elle des ouvertures à la paix ; RICIMER ne refpirait que vengeance. RODOALD

B

fut vaincu & jetté dans les fers ; mais l'infidele Roi des Goths, épris tout-à-coup de la beauté de la fille du Roi de Norvége, promise elle-même à l'héritier présomptif du Royaume de Dannemarck, oublia les fermens qu'il avait faits à GRIMOALD mourant, de remettre le Sceptre entre les mains de la Princesse EDVIGE, & ne rougit point de le vouloir retenir. Cette perfidie indigna ses Alliés, & sur-tout le jeune Prince de Dannemarck, qui avait en outre l'intérêt de son cœur à défendre. On résolut de briser les fers de RODOALD, avec cette condition qu'il cederait l'Empire au Prince de Dannemarck, qui épouserait sa fille. EDVIGE renonça volontairement au Trône, & se retira en Boheme, & RICIMER, vaincu à son tour, n'obtint la vie & la permission de retourner dans ses États, qu'en choisissant pour son héritier le même Prince de Dannemarck, qui par ce moyen forma la premiere réunion des trois Couronnes du Nord, & fut proclamé Roi du Dannemarck, de la Suede & de la Norvége.

ACTEURS CHANTANTS
DANS LES CHŒURS.

CÔTÉ DU ROI.

Mesdemoiselles.	*Messieurs.*
Durand.	Héri.
Guillaume.	Cailteau.
Fontenet.	Candeille.
le Bourgeois	Van-Hecke.
Beauvais.	Vatelin.
Veron.	Vaudemont.
Renard.	Touvois.
Héri.	Larssure.
Fabri.	Fradelle.
Sophie.	Rose.
	Robin.
	Antheaume.
	Méon.
	Botson.
	Cleret.
	Tacusset.

CÔTÉ DE LA REINE

Mesdemoiselles.	*Messieurs.*
Hebert.	l'Écuyer.
d'Agée.	Albert.
	Tourcati.
Jouetie.	Paris.
des Rosieres.	Lagier.
de l'Or.	Beghaim.
	Capoi.
Chenais.	Laurent, c.
Prieur.	Boi.
le Queux.	Laurent, l.
	Huet.
	Itasse.
	Parant.
	Royer.

ACTEURS CHANTANTS.

ERNELINDE, *Princeſſe de Norvege*, Mlle. l'Arrivée.

RODOALD, *Pere d'*ERNELINDE,
  Roi de Norvege,   M. Gélin.

SANDOMIR, *Prince Royal de*
  Dannemarck,   M. le Gros.

ÉDELBERT, *ami de* SANDOMIR, M. Muguet.

RICIMER, *Roi de Gothie & d'Ingrie*, M. l'Arrivée.

UNE NORVEGIENNE,   Mlle. la Bruyere.

UN MATELOT *Danois*,   M. de la Suze.

UN LIEUTENANT *de* RICIMER, M. Cuvillier.

LE GRAND-PRÊTRE *de* MARS, M. Caſſaignade.

SACRIFICATEURS.

LA GRANDE-PRÊTRESSE *de* VÉNUS, Mlle. du Plant.

PRÊTRES.

PEUPLES *de la Norvege.*

SOLDATS { *Norvegiens.* / *Danois.* / *Goths & Ingrois.*

GARDES.

MATELOTS.

FEMMES *Norvegiennes.*

VIEILLARDS.

PEUPLES *Iſlandois.*

TARTARES.

COSAQUES.

LAPONS.

La Scêne eſt dans la Ville de NIDROSIE, *aujourd'hui*
DRONTHEIM, *Capitale de la Norvege.*

PERSONNAGES DANSANTS.

ACTE PREMIER.

DANOIS ET DANOISES.

M^{rs}. RIVIERE, GRANIER.

Mlles GAUDOT, GRANDI.

M^{rs}. Trupti, Lani, Pierſon, Fay.

Mlles. Delfevre, Teſtard, Lavau, David.

NORVEGIENS ET NORVEGIENNES.

M. GARDEL, Mlle. GUIMARD.

M^{rs}. ROGER, LEGER.

Mlles. MION, AUDINOT.

M^{rs}. Durand, Hennequin, l., Gallet, Ducheſne.

Mlles. Mimi, l'Huillier, de Bagé, Jouveau.

ACTE SECOND.

DANOIS ET DANOISES.

M. GARDEL, Mlle. HEJNEL.

M^{rs}. GRANIER, AUBRI.

Mlles. GAUDOT, GRANDI.

M^{rs}. Trupti, Lani, Pierſon, Fay.

Mlles. Delfevre, Teſtard, Mimi, l'Huillier.

MATELOTS ET MATELOTTES.

M. DAUBERVAL, Mlle. ALLARD.

M^{rs}. Caſter, Giguet, la Rue, Allix, Beaulieu,
Balderoni, Hennequin, c., Rouſſel.

Mlles. Vernier, le Roi, d'Auvilliers, Hidou,
Villette, Fonbel, de l'Aunai, Adeline.

ACTE TROISIEME.

NORVEGIENS et NORVEGIENNES.

M. VESTRIS.

M. ROGIER, Mlle. GAUDOT.

M^rs. des Preaux, Durand, Hennequin, l., du Chesne.

Mlles. Teſtard, Mimi, Tacite, l'Huillier

TARTARES.

Mlle. ALLARD.

M. LANI, M^e. PITROT.

M^rs. Trupti, Lani, Fierſon, Fay.

Mlles. Buard, Delfevre, la Fond, Gilleſenan.

COSAQUES.

M^r. DU PRÉ, Mlle. HIDOU.

M^s. Doſſion, Granier, Lieſſe, Giguet.

LAPONS.

M. MALTER, Mlle. MION.

M^rs. la Rue, Ferrere, Delſire.

Mlle. le Roi, Louiſon, Buret.

SANDOMIR,
PRINCE DE DANNEMARCK,
TRAGÉDIE LYRIQUE.

ACTE PREMIER.

*Le Théâtre repréfente l'intérieur de la Citadelle de
NIDROSIE, où la famille Royale s'eft retirée pendant
le fiége. On voit, d'un côté, fur le devant, un Autel
confacré au Dieu ODEN, ou MARS, & de l'autre,
vers le fonds, différens ouvrages de fortifications.*

SCÈNE PREMIERE.

ERNELINDE, RODOALD, *Suite de* SOLDATS.

ERNELINDE.

QUOI ! vous m'abandonnés mon Pere ?
Vous fuyés de mes faibles bras ?

RODOALD.

Je n'en croirai que ma colere,
Laîſſe-moi courir aux combats.

ERNELINDE.

Quoi ! vous m'abandonnés mon Pere ?

RODOALD.

Entends-tu les cris des Soldats ,
Je les trahis , ſi je différe ,
C'eſt à moi de guider leurs pas.

ERNELINDE.

¡Votre valeur me déſeſpere ,
Laiſſés triompher d'autres bras.

RODOALD.

Laîſſe-moi courir aux combats.

ERNELINDE.

Vous m'abandonnés , o mon Pere !
Vous fuyés de mes faibles bras.

Eh ! que pourra votre courage ?
Des Souverains du Nord les efforts ſont unis.

RODOALD.

Sandomir dans leur ſein a fait pâſſer ſa rage ;
Je le hais plus lui ſeul que tous mes ennemis.
Ce jeune ambitieux , fier du rang qu'il eſpere ,
Oſa ſur toi lever les yeux ;

Nos

Nos traités m'uniſſaient alors avec ſon pere,
   Je te permis de répondre à ſes vœux;
Mais, depuis trois hivers, le glaîve de la guerre
Et la raiſon d'état, ont briſé tous ces nœuds.

ERNELINDE.

D'un pere criminel, c'eſt le fils vertueux.

RODOALD.

Pourquoi de Ricimer épouſe-t-il la haîne,
      Pourquoi ravager mes États?
Vient-il venger ſon frere, immolé par mon bras?
Non, plus d'eſpoir de paix; ou leur mort, ou la
      mienne.
   (*aux Soldats.*)
   Marchons.

ERNELINDE.
                Je ne vous quitte pas.

RODOALD.

Demeure.

ERNELINDE.

Dans ces lieux!... qui pourra m'y deffeulre?

RODOALD.

Ta vertu, ton devoir. Adieu.

ERNELINDE.
                Daignés m'entendre.
                C

R O D O A L D.

(Il s'arme.)

Donnés , donnés ce fer , & s'il faut fuccomber ;
Dieu des combats, fi ton bras m'abandonne ,
Je foutiendrai du moins l'honneur de ma Couronne ;
Et c'eft le glaîve en main qu'on me verra tomber.

(Il fort fuivi d'un gros de Soldats.)

S C Ê N E I I.

ERNELINDE, *CHŒUR de combattans ;
qu'on ne voit pas.*

E R N E L I N D E.

O Ciel ! écoute ma priere ,
Veille fur mon amant & combats pour mon pere…
Mon amant ! qu'ai-je dit ? Ah cruel Sandomir !
Quoi ! c'eft toi, c'eft ta main fanglante ,
Qui renverfe ces murs, que tu devrais chérir ;
Tu pourfuis à la fois mon pere, ton amante ,
Et mon indigne cœur ne te faurait haïr.

Au milieu des cris & des armes ,
Et du carnage & de l'horreur ;
O mes yeux, retenés les larmes
Que l'amour arrache à mon cœur.

CHŒUR de combattans.

Vengeance, vengeance.

ERNELINDE.

Quels cris affreux
Frappent les Cieux!

CHŒUR.

Vengeance, vengeance.

LES ASSIEGEANTS.

Renverfons ces murs odieux.

LES ASSIEGÉS.

Défendons nos murs malheureux.

ERNELINDE.

Grands Dieux, prenés notre défenfe!
O jour terrible, jour affreux.

CHŒUR.

Renverfons, &c.
Défendons, &c.

ERNELINDE.

Verrai-je s'écrouler ces remparts glorieux,
Ces murs où j'ai pris naiffance?

CHŒUR.

Vengeance, vengeance.

(On voit fortir des flâmes des ouvrages attaqués.)

E R N E L I N D E.

Des tourbillons de feu s'élevent dans la nue.

C H Œ U R.

Combattons, combattons.

L_{ES} A S S I E G E A N T S.

Nous triomphons :

E R N E L I N D E.

O ciel !

L_{ES} A S S I E G E A N T S.

Nous l'emportons.

L_{ES} A S S I E G É S.

Nous succombons :

E R N E L I N D E.

Grands Dieux !

L_{ES} A S S I E G É S.

Nous périssons.

C H Œ U R.

Combattons :

E R N E L I N D E.

Ciel ! o ciel !

C H Œ U R.

Combattons, combattons.

(*la flâme augmente , un des ouvrages eſt emporté &*
s'écroule.)
Nos malheurs ſont comblés , la Norvege eſt vaincue.
Ciel ! on s'avance vers ces lieux.
(*Elle s'élance vers l'autel.*)
Autel ſacré , je t' embraſſe , je tombe;
Sois mon azile , arrête un vainqueur furieux ,
Qu'à tes piés je trouve ma tombe.

(*Elle tombe évanouie aux piés de l'autel.*)

SCÈNE III.

ERNELINDE *évanouie ;* SANDOMIR ,
paraît au milieu de la brêche & des débris , ſuivi de
Soldats DANOIS.

SANDOMIR, SOLDATS.

R Animés } ces feux dévorants ,
Ranimons
Que la mort vole & nous devance ;
Dreſſons l'autel de la vengeance
Sur des monceaux de corps ſanglants.

Que vois-je ! je frémis , Ernelinde expirante !
(*aux Soldats.*)
Arrêtés chers amis… quel moment douloureux !

Leve fur moi ta paupière mourante.

(Il s'approche d'Ernelinde.)

Entends ma voix, ouvre les yeux;
C'eſt ton amant.

E R N E L I N D E.

Où fuis-je, juſtes Dieux!

Viens-tu juſques fur moi porter ta main fanglante?

S A N D O M I R.

Je viens te conquérir, t'arracher de ces lieux.

E R N E L I N D E.

Barbare.

S A N D O M I R.

Accâble-moi des traits de ta colere;
Mais toi qui m'as aimé, daigne lire en mon cœur;
Songe à ces nœuds facrés qu'ôfa brîfer ton pere,
Et n'accufe que lui de toute ma fureur.

C'eſt toi, chere âme de ma vie,
Cher objet de mes premiers feux,
C'eſt toi que les Dieux ont choifie,
Pour m'affûrer des jours heureux.
Avant que tu me fois ravie,
De flots de fang j'inonderai ces lieux.
Nous féparer! non, non, tu m'es trop chere;
Oui, trop chere,
Je braverais pour toi les Dieux;
Et, s'ils allumaient leur tonnerre,
Le même coup nous fraperait tous deux.

E R N E L I N D E.

Moi , je partagerais le fort d'un furieux,
Dont, peut-être , mon pere eft déjà la victime.

S A N D O M I R.

Ses jours me font facrés.

E R N E L I N D E.

Eh bien ! fois magnanime ,
Sois d'un Roi malheureux le généreux appui ;
Que je puiffe t'aimer fans crime.

S A N D O M I R.

Ah ! que faut-il ?

E R N E L I N D E.

T'armer pour lui.
Ricimer par ton bras eft vainqueur aujourd'hui ;
S'il oubliait ce qu'il doit à la gloire ,
S'il abufait de fa victoire...

S A N D O M I R.

A ma voix , mes guerriers , heureux de vous fervir ,
S'emprefferaient à l'en punir.

Amis , à qui je dois la gloire de mes armes ,
Uniffés-vous à moi pour calmer fes tourments ;
Voyés la beauté dans les larmes ,
Et partagés mes fentiments.

  S A N D O M I R,

S A N D O M I R, & les soldats.

Jurés }   { vos
       } sur }   glaîves sanglants,
Jurons }   { nos

De vous } armer pour elle & pour son pere ;
De nous }

Et toi, que le Scithe révere,
O Mars ! reçois nos serments.

E R N E L I N D E.

Il les entend, sois-y fidele.
On vient, c'est le vainqueur.

S A N D O M I R.

N'évités point ses yeux ;
Il est fier, violent, mais il est généreux.
(*Annonce de la marche.*)

E R N E L I N D E.

Je vole où mon devoir m'appelle.

(*Elle sort.*)

SCÊNE

SCÈNE IV.

RICIMER, *porté sur un pavois* ; SOLDATS *de la Gothie, de la Suede & de l'Ingrie* ; EDELBERT, SANDOMIR, SOLDATS *Danois.*

(Les Vainqueurs entrent sur le Théâtre par la breche, à-travers laquelle on découvre le camp des assiégeants, & plusieurs de leurs machines de guerre.)

CHŒUR.

Victoire, victoire ;
Nos fronts de lauriers sont couverts ;
Les échos jusqu'aux cieux font voler notre gloire,
Et nous traînons nos ennemis aux fers :
Victoire, triomphe, victoire.

RICIMER, *à* SANDOMIR.

Jeune & brave guerrier, c'est à votre valeur
Que je dois ce grand avantage ;
(Il lui donne une couronne de lauriers.)
Recevés ces lauriers, & que votre partage
Soit égal désormais à celui du vainqueur ;
Je ne demande ici, pour prix de mon courage,
Que le droit d'y marquer mes jours par mes bienfaits.
(Entrée des prisonniers de guerre.)
De nos justes rigueurs j'aperçois les objèts.

D

SCÊNE V.

LES ACTEURS *précédents*, RODOALD, ERNELINDE, SOLDATS *Norvegiens,* *enchaînés*, FEMMES *de Norvege.*

ERNELINDE, à son pere.

L Aissés-moi partager vos fers & votre outrage.

RODOALD, à RICIMER.

Tu l'emportes, Barbare : acheve ton ouvrage.
La mort est un bienfait pour moi.
Voilà mon sein : frappe.

RICIMER.

Oui, je te la doi.
Pour mieux venger mon frere & prolonger tes peines,
A mon char triomphant je devrais te traîner ;
Mon devoir fut de t'accâbler de chaînes.
Je t'ai vaincu, ma gloire est de te pardonner.

RODOALD.

Ah cruel !

RICIMER.

En vain tu me braves.

Et vous, belle Ernelinde, appaifés vos douleurs ;
Je ne m'offre à vos yeux que pour fécher vos pleurs.
(*A fes Soldats.*)
Que mes regards ici ne trouvent plus d'efclaves :
Allés, obéiffés ; que l'on brîfe leurs fers.
(*Les vainqueurs ôtent les fers des vaincus.*)

A ma voix que la Mort s'arrête.
Peuples du Nord uniffés vos concerts ;
Chantés, formés la plus brillante fête,
Que vos noms rempliffent les airs.

Aux fiers accents de la trompette,
Mêlés-vous, paifibles hautbois ;
Chantés, formés la plus brillante fête,
Le bonheur des fujèts fait la gloire des Rois.

De vos accords que les Cieux retentiffent ;
Je vous donne la paix ; goûtés-en les douceurs :
Que fes liens à-jamais réuniffent
Et les vaincus & les vainqueurs.

RODOALD & ERNELINDE.

Allons cacher notre opprobre & nos pleurs.
(*Ils fortent.*)

RICIMER & les PEUPLES.

A $\left\{ \begin{array}{c} fa \\ ma \end{array} \right\}$ voix, que la Mort s'arrête, &c.

(*On danfe.*)
D ij

  S A N D O M I R,

une *NORVEGIENNE*

Plus de trifteffe,
Plus de terreurs ;
A l'allegreffe
Livrons nos cœurs ;
Dans nos aziles,
Doux & tranquilles,
Heureufe paix,
Règne à-jamais.

Enrichi des dons de la terre,
Le laboureur attend le retour des faifons ;
Il ne craint plus qu'un foldat téméraire
Vienne à fes yeux ravager fes moiffons.

Plus de trifteffe, &c.

Bientôt ces armures affreufes,
Ces inftrumens de mort, qu'ont fabriqué nos mains,
Vont, fous des formes plus heureufes,
Ouvrir la terre & fervir aux humains.

Plus de trifteffe, &c.

(*On danfe.*)

S A N D O M I R.

Jeunes beautés, ne verfés plus de larmes,
Que les plaifirs fuivent la paix,
En ces, lieux foumis à vos charmes,
Que l'Amour feul lance fes traits.

Dans vos yeux ce Dieu qui respire,
A vos piés conduit vos vainqueurs,
Son pouvoir vers vous nous attire,
Mérités un si doux empire,
En parant nos chaînes de fleurs.

Jeunes beautés, &c.

(La fête continue.)

R I C I M E R.

Il suffit : dépôsés vos armes ;
Et de la paix allés goûter les charmes.
(Les peuples se retirent sur une Marche.)

SCÊNE VI.

RICIMER, SANDOMIR, Gardes.

SANDOMIR.

QUand du vainqueur du Nord tout couronne
    les vœux,
Quand aux lauriers de Mars nos peuples, sous ses
    yeux,
        De la paix unissent la palme ;
    De son grand cœur qui peut bannir le calme ?
Est-ce à lui de gémir, quand il fait des heureux.
    A mes regards vous semblés vous contraindre,
Épanchés dans mon sein vos secrèts.

RICIMER.

                    Tu le veux ;
Je me rends : avec toi mon cœur ne sçait pas feindre.
De la haîne entre nous n'allumons point les feux,
        Je le desire & je t'en prie.
    Avant de m'élever au trône de l'Ingrie
J'ai long-tems parcouru ces sauvages climats
Que le soleil déteste, où la nature expire ;
        Éternel séjour des frimats

Où, sur des monts glacés, l'hiver tient son empire :
			Rodoald m'ouvrit ses États ;
Sa fille, jeune encor , mais déjà belle & fière,
			Offrit à mes yeux ses appas,
Et dans ce cœur, nourri pour la haîne & la guerre
Fit naître des desirs, qu'il ne connaissait pas.
			S A N D O M I R.

Qu'entends-je ! ignorés-vous...
			R I C I M E R.

					Non, mon âme est sincere ;
On te promit sa main, je le sais ; mais j'apprends
			Que Rodoald s'est immolé mon frere,
Qu'il te trahit toi-même & ses premiers sermens :
Tout mon espoir renaît : l'amour & la colere
De mon cœur agité s'emparent tour à tour.
Mais à peine en ces murs eus-je porté la guerre
Que j'oubliai la haîne, & n'en crus que l'amour.
			S A N D O M I R.

		Et vous trahirés votre gloire ?
		Achevés, quels sont vos desseins ?
			R I C I M E R.

Tes droits anéantis , je fais parler les miens.
			S A N D O M I R.

Les vôtres, quels sont-ils ?

 SANDOMIR,

RICIMER.

L'amour & la victoire.

SANDOMIR.

Tu ne la dois qu'à ma valeur.

RICIMER.

Qu'ôfes-tu dire, téméraire ?

SANDOMIR.

Que je m'efforce en vain d'étouffer ma colere,
Qu'avant de me ràvir l'amante la plus chere,
Il faudra commencer par me percer le cœur.

RICIMER.

J'excufe ton jeune courage ;
Mais fonge à refpecter mes feux.

SANDOMIR.

Tu joins la menace à l'outrage,
Redoute un amant furieux.

RICIMER.

Audacieux.

SANDOMIR.

Barbare.

RICIMER.

R I C I M E R.

Quand je puis d'un mot t'accâbler.

S A N D O M I R.

Efperes-tu me voir trembler ?

R I C I M E R.

Ami perfide.

S A N D O M I R.

Roi barbare.

R I C I M E R , S A N D O M I R.

Ainfi ta haîne fe déclare ,

R I C I M E R.

Quand je puis d'un mot t'accâbler.

S A N D O M I R.

Efperes-tu me voir trembler ?

R I C I M E R , S A N D O M I R.

Eh bien , il faut te fatisfaire.

R I C I M E R.

Que le fang coule en ce jour.

S A N D O M I R.

Rapellons la mort & la guerre.

E

SANDOMIR,

RICIMER, SANDOMIR.

Et que les cris de la colere
Soient ici les chants de l'amour.

FIN DU PREMIER ACTE.

ACTE SECOND.

Le Théâtre repréſente le Port de NIDROSIE dans le grand Océan. Le calme regne. On apperçoit des vaiſſeaux appareillés pour le depart.

SCÉNE PREMIERE.

ERNELINDE, ſuite de FEMMES.

TEl eſt donc mon deſtin, il faut que je l'implore
Ce ſuperbe ennemi, qui nous donne des fers !
Il faut me ſéparer du héros que j'adore !..
Que vois-je?.. ſes vaiſſeaux couvrent déja les mers.
   Cher objet d'une tendre flâme,
   Que devaient protéger les Dieux ;
   Toi, qui pouvais ſeul dans mon âme,
   De l'amour allumer les feux,

E ij

Dans ton fein porte mon image,
La tienne vivra dans mon cœur:
Arrête encor fur le rivage;
Attends, ménage ma douleur:
On t'enleve à mon efperance,
On brife les nœuds les plus beaux!
Non, mon âme vers toi s'élance,
Elle te fuivra fur les flots.

✚✚✚✚✚✚✚✚✚✚✚✚✚✚✚✚✚✚✚✚✚✚✚✚✚✚

SCÈNE II.

ERNELINDE, RICIMER, Soldats.

ERNELINDE.

Viens, c'eft toi que j'attends. L'inconftante vic-
  toire
T'éleve fur le trône, & nous met dans les fers:
Jouis de nos malheurs, mais prends foin de ta gloire.
Dans les rochers du Nord, au fond de fes deferts,
Laîffe-moi m'exiler, j'y conduirai mon pere:
        Permèts qu'au moins notre mifere
        Soit inconnue à l'univers.

RICIMER.

Non, demeurés: je veux qu'ici la paix répare
        Les maux, dont je vous vois gémir.
Formés des vœux plus doux: foyons unis.

ERNELINDE.

Barbare !
Eft-ce ton amitié que tu me viens offrir ?

RICIMER.

J'ôfe plus vous offrir encore.
Trône, empire, fujèts, vous n'avés rien perdu :
Écoutés les foûpirs d'un Roi qui vous adore,
Et que l'himen...

ERNELINDE.

L'ai-je bien entendu !

RICIMER.

Né dans un camp, parmi les armes,
Je connais peu l'art des amants,
Et mon cœur, qu'enflâment vos charmes,
N'a de l'amour, encor fenti que les tourments.
La conquête d'un cœur fauvage,
N'eft à vos yeux qu'un triomphe de plus ;
Mais apprenés que mon hommage,
De vos appas eft moins l'ouvrage,
Qu'il n'eft celui de vos vertus.

ERNELINDE.

A ce dernier malheur aurais-je dû m'attendre ?
Et vous le permettés, grands Dieux !
Sur les débris fumans de ma patrie en cendre
Ce tiran de l'amour ôfe allumer les feux.

R I C I M E R.

Quand je m'abaîſſe à la priere
Oubliés-vous qu'ici je puis donner des loix ?
Que j'y ſuis Roi ?

E R N E L I N D E.

Je ſais quel fut mon pere.

R I C I M E R.

Il eſt vaincu : le Nord s'humilie à ma voix.
Je pare votre front d'un double diadême ;
Je rétablis Rodoald dans ſes droits.

E R N E L I N D E.

La couronne , à ce prix, l'indignerait lui-même.

R I C I M E R.

Je vous entends : craignés mon amour , ma fureur ;
Tremblés : de vos refus la ſource ſe décele !
Sandomir eſt perdu.

E R N E L I N D E.

Que dites-vous ?

R I C I M E R.

Cruelle !
Ce ſoûpir a trahi ton cœur.
Il ne te verra plus. . . Déjà ſa flotte eſt prête ;
Les vents vont , pour-jamais , en délivrer mes yeux.

E R N E L I N D E.
Crois-tu qu'il t'obéiffe ?
R I C M I E R.
Il y va de fa tête :
Pour fon départ formés plutôt des vœux.
E R N E L I N D E.
Ah cruel !..   (*Elle fort.*)

SCÈNE III.

RICIMER, SOLDATS.

QUai-je appris ? ils s'aimeraient tous deux !
Tranfports, tourments jaloux, amour de la vengeance,
Ah, que vous déchirés mon cœur !
Craignés de lâffer ma clémence,
Fatals objèts, qui caufés ma douleur :
Tremblés, ingrats, redoutés ma fureur.
Tranfports, tourments jaloux, amour de la vengeance,
Ah, que vous déchirés mon cœur !
L'orgueilleux Sandomir infulte à ma puiffance,
Il brave un monarque, un vainqueur !
Que dis-je ? en ces moments, où l'ennui me dévore,
Peut-être affûre-t-il, fa gloire & mon malheur ;
Aux piés de la beauté, qu'en frémiffant j'adore,
Peut-être en obtient-il l'aveu le plus flatteur ?...
Ah, fi je le croyais, ma jaloufe fureur

Égalerait le fuplice à l'offenfe !

Tranfports, tourments jaloux, amour de la vengeance,
Éclatés, achevés de déchirer mon cœur.

Otons à ces amans jufques à l'efpérance.

Envain pour mon rival l'amitié parle encor :
L'amour jaloux la condamne au filence.
Qu'il parte, je le veux ; s'il balance, il eft mort.

SCÉNE IV.

RICIMER, Peuples, Soldats, Matelots.

R I C I M E R.

(*Les peuples s'affemblent.*)

VOus, dont j'ai guidé le courage,
Guerriers, raffemblés-vous, quittés ce lieu fauvage.
Accourés généreux Danois,
A mes Soldats, pour la derniere fois,
Uniffés-vous fur ce rivage.

RICIMER & LE CHŒUR.

Chargés d'un butin glorieux,
Voyés ⎱   ⎰feconder votre ⎱
        ⎰ les vents ⎱   ⎰ envie ;
Déjà ⎰   ⎱fecondent notre ⎰

Partés, fendés   ⎱   ⎰ votre ⎱
              ⎰ les mers, & de ⎰   ⎰ patrie
Partons, fendons ⎱   ⎱ notre ⎰

                                        Allés

Allés ⎫
Allons ⎰ revoir les bord heureux.

(On danſe.)

U_N M A T E L O T.

> Reçois nos hommages,
> Souverain des mers :
> Bannis les orages ;
> Entends nos concerts :
> Suſpends les ravages
> Des tirans des airs.

De l'amour les douces flâmes
Troublent peu les matelots :
Le calme doit, dans leurs âmes,
Régner, comme ſur les flots.
> Reçois nos hommages, &c.

La gloire, en ces lieux ſauvages,
A couronné nos guerriers.
Allons, ſur d'autres rivages,
Chercher de nouveaux lauriers.
> Reçois nos hommages, &c.

(On danſe.)

U_N M A T E L O T.

> Par des jeux, par des fêtes,
> Célébrés ces inſtants ;
Que les fleurs couronnent vos têtes ;
Que la gaieté règne en vos chants :

F

Jeunes époux , tendres amants ,
Sur vos pas guidés vos conquêtes.

Ne craignés rien pour vos vaiſſeaux ;
Vénus naquit du ſein de l'onde ,
La mere des plaiſirs du monde ,
Saura pour vous calmer les flots.

(On danſe.)

RICIMER.

Les vents ſont en ſilence ;
Prévenés leur couroux :
Il eſt doux de revoir les lieux de ſa naiſſance.
Les vents ſont en ſilence :
Prévenés leur couroux :
Embarqués-vous.

CHŒUR.

Les vents ſont en ſilence ;
Prévenons leur couroux :
Embarquons-nous.

✮✮✮✮✮✮✮✮✮✮✮✮✮✮✮:✮:✮✮✮✮✮✮✮✮✮✮✮✮✮

SCÈNE V.

LES PRÉCÉDENS, EDELBERT.

(Au moment ou les Danois font prêts à s'embarquer,
EDELBERT paraît fur la proue d'un navire.)

EDELBERT.

Arrêtés, Danois, arrêtés!
Sandomir vous défend de quitter ce rivage;
Que fes ordres foient refpectés.

RICIMER.

Il réfifte à mes volontés!

EDELBERT.

Arrêtés, Danois, arrêtés !

CHŒUR, *qui rentre dans le port.*

Obéir eft notre partage,
N'écoutons que fes volontés.

SCÈNE VI.

RICIMER, *ensuite* RODOALD.

RICIMER.

LE voilà donc ce cri de défobéiffance.
Frémis, faible rival, ta fatale imprudence
         Va juftifier ma fureur.
Ton camp eft entouré, tout cede à ma puiffance:
S'il faut que Rodoald s'oppôfe à mon bonheur,
Vous connaîtrés tous deux fi j'aime la vengeance.
Mais je le vois. Approche & fois fans défiance;
Ce n'eft plus en vainqueur que je veux te revoir.

                    (*Rodoald paraît.*)

RODOALD.

Acheve, qui te fait defirer ma préfence?

RICIMER.

Nos communs intérêts, l'amitié, mon devoir.
Viens, fuperbe ennemi; de nos haînes cruelles
         Dans l'oubli plongeons le flambeau.
Vois le théâtre affreux de nos longues querelles;
Le Nord entier n'eft plus qu'un immenfe tombeau:
Vois nos peuples, courbés fous le poids des miferes,
Nous contraindre à gémir de nos triftes exploits.

Il eſt tems d'oublier que nous ſommes leurs rois ,
    Pour mieux ſonger que nous ſommes leurs peres.
Remonte ſur le trône & commande en ces lieux.

R O D O A L D.

Tu n'as pu m'accâbler ; tu voudrais me ſéduire !
    Soyons plus ſinceres tous deux.
A quel indigne prix me rends-tu mon empire ?

R I C I M E R.

Accorde-moi la main de ta fille...

R O D O A L D.

                Grands Dieux !

R I C I M E R.

    C'eſt pour elle que je ſoûpire.
Plains mon amour; mais crains de rebuter mes vœux :
Songe, en nous uniſſant par un lien ſi tendre ,
Que c'eſt de mon bonheur que le tien va dépendre.
    L'un par l'autre ſoyons heureux.

R O D O A L D.

Je t'entends. Je renais.

SCÊNE VII.

RICIMER, RODOALD, ERNELINDE.

RODOALD.

Viens confoler ton pere.

RICIMER.

De vous feuls j'attends mon bonheur.

RODOALD.

Viens dans mes bras, c'eft en toi que j'efpere,
O ma fille !

ERNELINDE.

Ordonnés, vous connaiffés mon cœur.

RICIMER.

Il fait fi le mien eft fincere.

RODOALD.

Vois nos fertiles champs transformés en deferts ;
Tes Palais livrés au pillage ;
Ton pere au déclin de fon âge,
Eft à tes yeux chargé de fers.

De ce tiran voilà l'ouvrage,
Il demande ta main pour prix de fes forfaits.

RICIMER.

Qu'entends-je ! ôses-tu, téméraire?..

RODOALD.

Déteste ce barbare, autant que je le hais :
Qu'au fond de son cœur sanguinaire
Son fol amour
Soit un vautour
Qui le ronge, & venge ton pere.
Qu'il menace ou se désespere ;
Qu'à tes genoux, il gémisse à son tour.

RICIMER.

Rends grâce à mon amour, ce n'est qu'à sa puissance
Que tu dois l'instant de clémence,
Dont je m'étonne encor.

RODOALD.

Que peux-tu contre moi ?
Fier Conquérant, je te plains & te brave ;
A tes honteux desirs obéis en esclave ;
Maître ici de mon cœur, j'y parle seul en Roi.

RICIMER.

Qu'on le charge de fers. A moi soldats.

✳✳✳✳✳✳✳✳✳✳✳✳✳✳✳✳✳✳✳✳✳✳✳✳✳✳✳✳✳✳

SCÈNE VIII.

LES PRECEDENTS, SANDOMIR.

SANDOMIR.

Arrête;
Aux dépe ns de mes jours, je défendrai sa tête.

RICIMER.

Qui t'amene en ces lieux ?

ERNELINDE.

Est-ce vous Sandomir ?

RICIMER.

Frémis ingrat.

SANDOMIR.

C'est à toi de frémir.
L'amour m'éclaira mieux que ta vaine prudence,
Les Danois, par mon ordre, arrêtés en ces lieux,
Ont tous juré d'embrasser sa deffense.

RICIMER.

Je confondrai leur insolence.

SANDOMIR.

S A N D O M I R.

Les Dieux feront pour nous.

R O D O A L D.

> Ennemi généreux,
Je croyais te devoir une haîne éternelle,
De ma fille pour toi j'ai condamné les feux ;
Mais tu veux la venger, tu deviens digne d'elle,
Aux regards du tiran, je vous unis tous deux.

S A N D O M I R.

Quel bonheur !

R I C I M E R.

> Non, tous trois vous ferés mes victimes.
C'eſt trop vous pardonner de crimes.

> Obéiſſés Soldats !
Qu'on ſaiſiſſe leurs armes ;
Qu'ils ſervent d'exemple aux ingrats.

S A N D O M I R.

> Songés-vous qu'aux combats
Ma voix guidait vos armes ?

R O D O A L D.

> Où courés-vous Soldats ?
C'eſt moi que tu défarmes,
Peuple lâche, fujèts ingrats.

G

SANDOMIR,

ERNELINDE.

Mèts le comble à tes attentats ;
Peux-tu cruel , braver mes larmes ?
Fais-les arracher de mes bras.

RICIMER.

Qu'on les charge de chaînes :

ERNELINDE.

Prends pitié de mes peines.

RICIMER.

Arrachés de mes yeux
Ces objèts odieux.

ERNELINDE.

Arrêtés !

SANDOMIR.

Chere amante !

RODOALD.

O ma fille !

ERNELINDE.

O mon pere !

RODOALD , ERNELIDE , SANDOMIR.

Quels horribles adieux !

RICIMER.

Obéiſſés à ma colere.

RODOALD.

Songe à ton pere, à ton époux.

SANDOMIR.

Tous les Dieux s'armeront pour nous ;

ERNELINDE.

Je veux expirer avec vous.

(*Les Soldats entraînent* RODOALD *&* SANDOMIR.)

SCÈNE IX.

RICIMER, ERNELINDE.

RICIMER.

(*à la Princesse.*)   (*aux Soldats.*)

DEmeurés. Vous, servés le couroux qui m'enflâme.

ERNELINDE.

Pourquoi séparer notre sort,

RICIMER.

Par excès de clémence, ou de faiblesse encor,
Oui, c'est moi qui, pour eux, voudrais toucher
    votre âme ;
    Arrachés-les à ma haîne, à la mort.

G ij

E R N E L I N D E.

Que me demandes-tu?

R I C I M E R.

De partager mon trône,
De me fuivre au pié des autels ;
Là tout eft réparé, là ma main vous couronne :
Et dans le même inftant, aux yeux des Immortels ;
Je les embraffe & leur pardonne.

E R N E L I N D E.

Non, le jour à ce prix leur ferait odieux,
Non, je connais leur cœur ; fi je daignais t'en croire,
Pour leur fauver le jour, fi j'acceptais ta main,
L'un & l'autre à mes yeux fe percerait le fein,
Pour me punir d'avoir trahi fa gloire.

R I C I M E R, aux Gardes.

Qu'on les immole. Allés.

E R N E L I N D E.

Arrêtés !

R I C I M E R

Tu le veux.

E R N E L I N D E.

Barbare.

R I C I M E R.

Oui, je le fuis, tu me contrains à l'être ;

Tu plonges le poignard dans ce cœur malheureux,
Dans ce cœur, dont je sens que je ne suis plus maître,
Et que tes cruautés ont rendu furieux.

E R N E L I N D E.

C'est moi qu'il faut punir.

R I C I M E R.

J'ai trouvé mes victimes.

E R N E L I N D E.

Eh bien, mèts le comble à tes crimes,
Unis la fille au pere & l'amante à l'époux ;
Pour obtenir la mort, je tombe à tes genoux.
S'il est vrai que mes foibles charmes
Ont trouvé le chemin de ton superbe cœur :
Peux-tu voir sans frémir l'objet de ton ardeur
S'abbaisser à tes piés, les baigner de ses larmes,
Y succomber à sa douleur ?

R I C I M E R.

Ton désespoir sur moi n'a que trop de puissance,
Ton pere & ton amant, leurs crimes sont affreux...
Ton amant, son nom seul appelle la vengeance...
N'importe, je me rends, je pardonne à l'un d'eux :
Lequel veux-tu sauver ? prononce.

SANDOMIR,

ERNELINDE.

Juftes Dieux !
Vous l'entendés.

RICIMER.

Ton cœur balance.

ERNELINDE.

Tout mon fang eft glacé d'horreur.

[*RICIMER.*

Mais, quelque foit par toi la victime choifie,
Songe que d'un feul mot tu lui fauvais la vie,
Cruelle , & que c'eft toi qui lui perces le cœur.
(*Il fort.*)

SCÈNE X.

ERNELINDE, *suite de* Femmes, un Lieutenant.
DE RICIMER, Gardes.

ERNELINDE.

HÉlas! ils vont périr tous deux, si je differe.
 (*L'Officier sort.*)
Ah! volés sur ses pas, qu'on délivre mon pere…
Qu'ai-je dit, cher amant? Quoi! j'ai proscrit tes jours;
Ce cœur que tu m'ouvris, c'est moi qui le déchire…
Non, cruels, arrêtés … je succombe, j'expire :
  O mort ! j'implore ton secours.
   (*Elle tombe de douleur sur un rocher.*)

 (*Elle reprend ses esprits.*)

  Où suis-je ! quel épais nuage
  Me dérobe l'éclat des cieux ?…
D'où vient que l'on m'entraîne au ténébreux rivage ?
Les voiles de la mort obscurcissent mes yeux.
Avançons… je frémis… Dieux, qu'elle ombre effrayante
  Devant moi se présente ?..
  J'entends de longs gémissemens ?…
Son flanc est entr'ouvert .. le sang en coule encore ;
  Ma vue irrite ses tourments…
C'est lui, c'est mon époux !.. chere ombre, que j'adore,

Arrête . . . quoi ! tu veux me fuir ?
Mon âme n'est pas criminelle ;
J'ai dû sauver mon pere, ah, laisse toi fléchir ! . . .
Tu parles, je t'entends ; dans la nuit éternelle
C'est ta voix qui m'apelle . . .
Je t'y suis, je vais t'obéir.

Oui, je cede au coup qui m'accâble,
Renais pour calmer ma douleur,
Cher amant : tiran détestable,
Frémis, redoute un ciel vangeur !
Mais je suis encor plus coupable ;
De tous deux j'ai fait le malheur.
Ah, je sens déchirer mon cœur
Par la tendresse & par l'horreur !

FIN DU SECOND ACTE,

ACTE

ACTE TROISIEME.

Le Théâtre repréſente une priſon : vers le fond , on apperçoit différens ſouterrains ; ſur les côtés , pluſieurs cachots , fermés par des grilles de fer.

SCÊNE PREMIERE.

SANDOMIR , CHŒUR *de Priſonniers qu'on ne voit pas.*

S A N D O M I R.

DAns ces honteux cachots , qu'habite la terreur ,
Où l'œil n'eſt éclairé que des feux de la haîne ,
Quel ſoupçon dévorant s'empare de mon cœur ?
    Suis-je le ſeul qu'on brave & qu'on enchaîne ?..

H

Quoi ! ma perfide amante aurait pu confentir ...
Meurs, Sandomir, meurs, ta honte eft certaine ;
Ernelinde a pu te trahir !

CHŒUR.

O mort ! viens terminer les maux que nous fouffrons.
O mort ! nous t'implorons.

SANDOMIR.

De longs gémiffemens percent dans ces abîmes.

CHŒUR.

O mort ! &c.

SANDOMIR.

Des fureurs du tyran voila donc les victimes !

CHŒUR.

O mort ! &c.

SANDOMIR.

Peut-être vos vertus font-elles tous vos crimes ;
Comme vous malheureux, mon cœur s'ouvre à vos
cris.

CHŒUR.

O mort ! &c.

SANDOMIR.

Hélas ! malgré leurs fers & la mort qu'ils attendent ;

Quelque douceur se mêle aux larmes qu'ils répandent
Par les plus chers objèts ils ne sont point trahis.

Tiran cruel, pere ingrat, femme infidelle,
Venés, rassemblés-vous dans ce séjour d'horreur;
Venés, accroître ma douleur :
J'aurais donné ma vie & pour vous & pour elle.

Tiran cruel, pere ingrat, femme infidelle,
Qui de vous trois viendra percer mon cœur?

Je sens mon âme anéantie.
Est-ce amour? est-ce jalousie?
Est-ce tendresse, est-ce fureur?

Tiran cruel , &c.

Qui peut porter ses pas en ce séjour funeste?
Est-ce la mort qu'on vient m'offrir ?
O mort ! seul espoir qui me reste,
De mes tourmens viens m'affranchir.

SCÊNE II.

ERNELINDE, SANDOMIR, UN SOLDAT.

SANDOMIR.

ERnelinde, est-ce vous ! dans ce séjour horrible
Qui vous conduit ?

H ij

E R N E L I N D E.

Mon courage & l'honneur.

Il fallait t'annoncer notre commun malheur ;
Je remplis ce devoir terrible.
Par des chemins inconnus au vainqueur,
Malgré les soins de sa jalouse rage
Ce soldat jusqu'à toi m'a frayé le pâssage.
Souvent un rang obscur cache le plus grand cœur.

S A N D O M I R.

Quoi ! tu m'aimes encor ? quoi ! les dons d'un barbare,
Son trône offert, rien n'a pu te fléchir ?

E R N E L I N D E.

Mon cœur pouvait-il te trahir !
Apprends quel crime se prépare.

S A N D O M I R

Que peut-on ajoûter aux horreurs de mon sort ?
Ton pere gémit-il encor dans l'esclavage ?

E R N E L I N D E.

Il est libre.

S A N D O M I R.

Il a pu survivre à son outrage.
A qui doit-il sa grâce & la vie ?

ERNELINDE.

A ta mort.

SANDOMIR.

Qu'entends-je !

ERNELINDE.

De mes fens à peine ai-je l'ufage.
Écoute-moi, tu vas frémir :
Tous les deux vous deviés périr,
Pour un feul, du tiran j'ai fufpendu la rage ;
Mais...

SANDOMIR.

Acheve.

ERNELINDE.

Entre vous, contrainte de choifir,
La nature a parlé , j'en ai cru fon langage.

SANDOMIR.

Je reconnais ce cœur, vraiment digne du mien.
Ton choix eft des vertus l'effort le plus fublîme.
Ma mort fait à la fois mon triomphe & le tien.

SCÈNE III.

ERNELINDE, RODOALD, SANDOMIR.

ERNELINDE.

QUe vois-je, Dieux! mon pere;

SANDOMIR.

Ah, par quel nouveau-crime?

RODOALD.

Raffûrés-vous. Loin d'être la victime
Des fureurs d'un tiran jaloux,
Ses ordres m'amenent vers vous.
Dévoré par un feu, qui l'entraîne & l'opprime;
Toutes les paffions l'agitent tour à tour:
Il veut percer ton fein, il te permet de vivre;
Il t'offre, par ma voix, de t'aimer, de me fuivre,

SANDOMIR.

Qu'exige-t-il?

RODOALD.

D'immoler ton amour;
De lui céder la beauté qui t'enflâme:

SANDOMIR.

A cet indigne prix j'accepterais le jour!
Pensés-vous que la mort puisse étonner mon âme?
Vous, Seigneur !

RODOALD.

Non, mon fils, cèsse de m'outrager ;
Non, j'étais sûr de ton courage:
Je n'ai de Ricimer feint de servir la rage,
Que pour vous annoncer que je cours vous venger.

SANDOMIR.

Que dites-vous?

RODOALD.

J'ai fait un noble usage
De cette liberté que m'a laissé son choix ;
Et, tandis qu'Edelbert rassemble les Danois,
J'ai, par mes soins, grossi l'orage ;
Mes vieux guerriers ont entendu ma voix,
Tous sont armés sur le rivage :
Tremble, tiran ! l'abîme est sous tes pas.

SANDOMIR.

Je crois en vousvoir le Dieu des combats.

RODOALD.

J'accepte cet heureux préfage.

Si j'ai fu, dès mes jeunes ans,
A mon char enchaîner la gloire ;
Les Dieux me doivent la victoire,
Quand je combats pour mes enfants.

(*A fa fille.*)

Gardes-toi de verfer des larmes ;
Je ne reçois point tes adieux.
Non, non, je ne vous laîffe en ces horribles lieux,
Que pour courir plus vîte aux armes.

SANDOMIR.

Devenés l'effroi des tirans ;
Sur vos pas ramenés la gloire.
Un Roi commande à la victoire,
Quand il combat pour fes enfants.

ERNELINDE.

Non, non, Seigneur, il n'eft plus tems,
De former des vœux pour la gloire ;
N'efperés pas que la victoire,
Puiffe vous rendre vos enfans.

RODOALD.

Les Dieux me doivent la victoire,
Quand je combats pour mes enfants.

(*RODOALD fort.*)

SCÊNE

SCÊNE IV.

ERNELINDE, SANDOMIR.

ERNELINDE.

Où court-il ? à la mort ?

SANDOMIR.

Non, c'eſt à la vengeance.

Eſpere mieux

ERNELINDE.

De qui, des hommes ou des

SANDOMIR.

Ils doivent ſe lâſſer d'accâbler l'innocence :

ERNELINDE.

Et le tiran triomphe, & ſon crime eſt heureux !
Le ſuccès eſt douteux, mais ta perte eſt certaine.
Vois le ſort qui t'attend, l'autel eſt préparé ;
On t'immole à ma vue & je dois, à la tienne,
M'unir à Ricimer par un ferment ſacré.

SANDOMIR.

Je vois toute l'horeur où le deſtin nous livre :
Je fais mourir.

I

E R N E L I N D E.

> Et te dois-je furvivre ?

S A N D O M I R.

Non.... Sous nos pas, que d'abîmes ouverts !

E R N E L I N D E.

L'amour a tout prévu. Les moments nous font chers :
Tu vois ces deux poignards... pardonne, fi je tremble.
Prends l'un. Chéris en moi l'amante d'un héros :
Approche, arme ton bras, &, nous frappant enfemble,
> De notre fang réuniffons les flots.

S A N D O M I R.

Donne. De ton amour voilà le premier gage :
> Il eft affreux. Il eft cher à mon cœur ;
> Il me rend l'efpoir & l'honneur :
> Tiran, nous braverons ta rage.

E R N E L I N D E.

Cédons à nos triftes deftins.

S A N D O M I R.

Nous, céder ! quand ce fer nous refte.

E R N E L I N D E.

Peut-être en ce moment funefte
En va-t-on défarmer nos mains.

SANDOMIR.

Non, malgré le courroux céleste,
Notre sort est entre nos mains.

ERNELINDE.

Cher époux !

SANDOMIR.

Cher objet d'une tendresse extrême !

ERNELINDE.

Quel jour affreux !

SANDOMIR.

Dois tu pleurer ?
Ni le tiran, ni la mort même,
Rien ne peut plus nous séparer.

SCÈNE V.

LES PRÉCÉDENTS, *un* LIEUTENANT DE RICIMER.

L'OFICIER.

DEs Souverains du Nord le vainqueur vous appelle ;
Il vous attend à nos autels.

ERNELINDE.

Tu l'entends.

SANDOMIR.

Tu frémis, ton courage chancelle :
Allons mourir aux yeux des immortels.

(Ils fortent.)

SCÊNE VI.

Le Théâtre repréfente un temple magnifique, où tout eft préparé pour le couronnement de RICIMER. *Aux deux côtés, fur différents plans, font deux autels. L'un confacré au Dieu* ODEN, *ou* MARS. *L'autre à la Déeffe* FRIGA, *ou* VÉNUS. *On voit dans le fond, la ftatue du* DIEU ÉTERNEL.

CHEFS *du* PEUPLE, VIEILLARDS, *le* GRAND-PRÊTRE, SACRIFICATEURS, LA GRANDE PRÊTRESSE, *fa* SUITE, PEUPLES.

(*Marche.*)

CHŒUR.

GRands Dieux, auguftes Dieux,
Recevés nos hommages ;
Répondés à nos vœux.

LE GRAND PRÊTRE.

Élevés fur un trône, au-deffus des orages,
Vous, qui foulés aux piés les cieux.

CHŒUR.

Grands Dieux, *&c.*

╬╬╬╬╬╬╬╬╬╬╬╬╬╬╬╬╬╬╬╬╬╬╬╬╬╬╬╬╬╬

SCÈNE VII.

LES PRÉCÉDENTS, RICIMER, *troupe de* SOLDATS.

RICIMER.

INterpretes des loix, vous Soldats, vous Grand
  Prêtre,
   Ma voix vous raſſemble en ces lieux :
  Peuples du Nord, dont le ciel me rend maître,
La fille de vos Rois a mérité mes vœux :
La paix ſera le prix de ces auguſtes nœuds ;
   Et ce grand himen, où j'aſpire,
S'il fait votre bonheur & celui de l'empire,
   Doit être approuvé par vos Dieux.

   Prompts à ſervir mon eſpérance,
Élevés juſqu'aux cieux vos voix & mes deſirs :
  Prêtres, chantés le Dieu de la vengeance,
Chantés, jeunes beautés, la mere des plaiſirs.

CHŒUR.

DE SACRIFICATEURS.	*DE PRÊTRESSES.*
Dieu des combats, Dieu du carnage,	O Déèſſe de l'himenée,
Veux-tu du ſang? veux-tu des pleurs?	Viens de l'amour ſécher les pleurs;
Tu vas ſous nos couteaux vengeurs,	Viens embellir cette journée,
Voir tomber le plus grand courage:	Répands le calme dans les cœurs.
Viens, la victime eſt digne des	O Déèſſe de l'himenée,
vainqueurs.	
Dieu des combats, Dieu du carnage,	Deſcends des cieux ſur un trône de
Viens te baigner dans le ſang & les	fleurs.
pleurs.	

RICIMER.

Qu'il paraîſſe à mes yeux, ce couple qui m'offenſe;
Ces criminels objèts d'amour & de fureur.

SCÉNE VIII.

LES PRÉCÉDENTS, SANDOMIR, ERNELINDE.

SANDOMIR.

Voici l'inftant fatal.

ERNELINDE.

Sois sûr de ma conftance.

RICIMER.

Vous céderés enfin à la loi du vainqueur :
Prêtres, féparés-les. Qu'aux autels on l'enchaîne ;
(*montrant SANDOMIR.*)
Voilà votre victime. Et vous héros du Nord,
Connaiffés votre Souveraine ;
Célébrés mon himen.

ERNELINDE.

Moi, partager ton fort !

RICIMER.

Prêtres, frappés.

SANDOMIR.

Moi, tomber ta victime!
Non, non ; l'honneur, qui nous anime,

SANDOMIR,

Nous a dicté de plus fières leçons.

(Les Prêtres fe retirent.)   (Ils levent leurs poignards.)

Refpectés nos adieux. Embraffons-nous: mourons.

✳✳✳✳✳✳✳✳✳✳✳✳✳✳✳✳✳✳✳✳

SCÈNE DERNIERE.

LES PRÊCÉDENTS, RODOALD, *à la tête des*
NORVEGIENS; ÉDELBERT, *fuivi*
des DANOIS.

RODOALD.

ARrêtés, mes enfants!

SANDOMIR & RICIMER.

Que vois-je, o ciel!

ERNELINDE.

Mon pere!

VIEILLARDS, PRÊTRES & FEMMES.

Fuyons ce temple fanguinaire.
(Ils fe retirent au fond du théâtre.)

RICIMER.

Soldats, armés-vous à ma voix.

RODOALD.

RODOALD.

Peuples, que j'ai vengés, reconnaissés mes loix.
(*Combat, pendant lequel* EDELBERT *entre & donne une
épée à* SANDOMIR. RICIMER *est pris en flanc par les*
DANOIS.)

RODOALD à RICIMER.

Rends-toi, rends ton épée.

RICIMER.

O rage !
Destin cruel, je suis vaincu.
Qu'on me donne la mort ; épargnés-moi l'outrage :
Vous l'emportés. J'ai trop vécu.

RODOALD.

Qu'on l'entraîne.

SANDOMIR.

Arrêtés. Ton cœur fut magnanime ;
Je t'aimai, je l'ai dû ; tu m'as voulu haïr :
Mais ton amour a fait ton crime,
Et ce n'est pas à moi de t'en punir.
Reprends, avec ce fer, ton rang & ta puissance.
(*Il lui remet son l'épée*)

K

SANDOMIR,

RICIMER.

Que fais-tu?

SANDOMIR.

Mon devoir.

        (*Il prend l'épée.*)

RICIMER.

        Et tu m'apprends le mien.
Je te verrais former le plus tendre lien !
Malheureux, & vaincu je vivrais sans vengeance !
Non, ma honte & ta gloire & l'horreur de mon sort
Sont mille fois pour moi plus affreux que la mort
    Que je brave & que je me donne.

        (*Il se frappe.*)

SANDOMIR.

    Cruel, quelle aveugle fureur,
    Quand ton ennemi te pardonne !

RODOALD.

Écartés de nos yeux ce spectacle d'horreur,

    (*Les Soldats enlevent* RICIMER.)

Et rendons grâce aux Dieux, dont la faveur,
    Après tant de maux, nous couronne.

ERNELINDE.

Mon âme eſt encore étonnée ,
Les Dieux ne nous trompent-ils pas ?

SANDOMIR.

Vois ma conſtance couronnée,
Viens trouver la paix dans mes bras.

RODOALD.

Allumons les feux d'himenée,
Sur l'autel du Dieu des combats.

TOUS.

Au nœud ſacré qui nous raſſemble ,
Rendons hommage tour-à-tour ;
Rois & Sujèts chantons enſemble ,
L'amitié , la gloire & l'amour.

(On danſe.)

SANDOMIR & le CHŒUR.

Viens en ces lieux , régner avec les Grâces ;
Tendre Amour , enchaîne les cœurs ;
Les plaiſirs volent ſur tes traces ,
Tu fais par-tout naître des fleurs.

Viens en ces lieux régner avec les Grâces ;
Tendre Amour , enchaîne les cœurs.

Envain dans nos climats ſauvages ,
Dieu charmant, on voudrait te fuir ;

Le moment où tu nous engages,
Eſt toûjours celui du plaiſir.

Viens dans ces lieux, &c.

(On danſe.)

C H Œ U R.

Jeune guerrier, enchaîne la victoire ;
Fais fleurir les arts dans la paix ;
Regne ſur nous par tes bienfaits.
C'eſt réunir tous les genres de gloire.

FIN DE LA TRAGÉDIE.

A P P R O B A T I O N.

J'Ai lu, par ordre de Monſeigneur le Vice-Chancelier, une nouvelle
Édition de l'Opera intitulé S A N D O M I R ; & je n'y ai rien trouvé qui ne
doive en favoriſer l'impreſſion. A Verſailles, ce neuf Septembre 1768.

DEMONCRIF.

www.ingramcontent.com/pod-product-compliance
Lightning Source LLC
LaVergne TN
LVHW022307170726
843503LV00006B/2370